AF319838

SOUVENIRS JUDICIAIRES

DE LA RÉPUBLIQUE AIMABLE ET NEUTRE

PROCÈS

DE

M. L'ABBÉ MURZEAU

CURÉ DE CEZAIS

DEUXIÈME SÉRIE

FONTENAY

IMPRIMERIE VENDÉENNE

—

1882

Souvenirs Judiciaires

DE LA RÉPUBLIQUE AIMABLE ET NEUTRE

PROCÈS
DE M. L'ABBÉ MURZEAU

CURÉ DE CEZAIS

Tribunal correctionnel de Fontenay-le-Comte

PRÉSIDENCE DE M. GAILLARD DE LA DIONNERIE

Audience du 16 novembre 1882

L'affaire remonte au 16 juillet 1882. On voit que la justice a eu le temps de la réflexion, puisque l'assignation n'a été lancée que le 11 novembre.

Cette longue préméditation a-t-elle été motivée par les vacances de la magistrature ? Il faudrait en plaindre les justiciables, dont les intérêts et l'anxiété demeureraient ainsi suspendus.

Faut-il plutôt l'imputer à la difficulté de construire le laborieux édifice de l'accusation ?

Ceci n'aurait, en vérité, rien de surprenant.

Cette cause est de celle qui caractérisent une époque, dont les signes caractéristiques abondent d'ailleurs de tous côtés, et ne feront pas son honneur devant les générations.

L'affaire se résume en deux mots :

On a choisi, cette année, le voisinage du cimetière de Cezais pour y tenir, le 14 juillet, les assises de la révolution. Ces assises, on le sait, n'ont rien de commun avec le respect des vivants ni des morts. On a banqueté au pied des tombes ; on a hurlé le sang impur; on y a braillé les couplets d'une chanson intitulée : *Le Choléra*, qui est une vocifération mortelle contre la société presque tout entière, mais surtout contre les jésuites, le clergé et tout ce qui touche à la religion ; on y a lancé des fusées *de joie*, dont les étincelles allaient jeter leurs gerbes railleuses sur l'asile du repos éternel ; on a chassé le lapin sous les tombes, et on a dansé dans l'ombre jusqu'à une heure du matin.

Le surlendemain, le 16 juillet, le pasteur de Cezais étant monté en chaire, a flétri cette profanation (nous employons à dessein le mot), a invoqué le pardon céleste pour les profanateurs, et a conduit les fidèles au cimetière pour élever avec lui vers Dieu une prière réparatrice.

Voilà pourquoi ce prêtre dévoué, aimé de toute sa paroisse, cet homme doux et miséricordieux, est traîné sur les bancs de la police correctionnelle !

N'avions-nous pas bien raison de dire que c'est là un signe des temps ?

On a assigné M. l'abbé Murzeau, curé de Cezais, pour venir répondre devant le tribunal correctionnel de la prévention d'avoir cherché à SOULEVER OU A ARMER UNE PARTIE DES CITOYENS CONTRE LES AUTRES ! ! ! !

Et l'on dira que c'est là la tutelle que la justice doit à la société ? Ce serait ridicule, si ce n'était pas navrant.

Au moment où les excitations révolutionnaires prennent la forme dynamitique, au moment où le gouvernement voit, d'un œil, nous ne dirons pas tolérant, mais impuissant, le collectivisme lancer de tous les côtés ses menaces sauvages et ses projectiles dévastateurs, au moment même où la Vendée voit ces abominables crimes contre les personnes et les propriétés, franchir ses frontières jusqu'ici si paisibles, savez-vous contre qui s'exercent les nobles énergies de nos parquets et leur tutélaire vigilance ?

Contre un pacifique curé qui a rempli son devoir en conviant ses ouailles à la prière !

On a eu de belles occasions de poursuivre des

provocateurs. Rappelons donc ce qui se passait à Fontenay même, sur la place publique, au mois de juin dernier. Voici ce que l'on chantait aux oreilles de la gendarmerie, du procureur de la république et de la population indignée:

Tremblez, prêtres du pape, ô race de vipères!
Vous voulez nous tromper comme on trompa nos pères.
Hypocrites parés du beau nom de chrétiens,
Vous vous croyez encore au siècle des païens.
Vous paraissez avoir, pour tous, de l'indulgence,
Vos lèvres sont de miel, mais c'est de l'insolence!
Car votre bouche ment... comme ment un bigot;
Votre cœur est de fiel... c'est de l'or qu'il vous faut.

Pour manger ce qu'on veut pendant tout le carême,
Il nous faut un permis signé du pape même;
A Rome on vend de tout aux vivants comme aux morts,
Et pour aller au Ciel on vend des passe-ports,
Allons, sans plus tarder, cafards, prenez la fuite,
Tout le monde connaît votre étrange conduite.
Vous prenez le chrétien pour un pauvre nigaud,
Car, pour adorer Dieu, c'est de l'or qu'il vous faut.

On voit régner chez vous l'orgueil et l'avarice.
Vous vendez du bon Dieu, le pardon, la justice!
Chaque jour sans rougir vous empochez l'argent
Que les cœurs généreux donnent pour l'indigent.
Vous vendez de la Vierge une faveur banale,
A la fille sans mœurs vous vendez la morale;
Le riche, le fripon, l'hypocrite, le sot,
Sont vos meilleurs amis: C'est de l'or qu'il vous faut!

On croit rêver en constatant que ces provocations ne sont pas poursuivies, et qu'un prêtre est traduit devant le tribunal pour avoir dit à ses paroissiens que le cimetière avait été profané par le voisinage de vociférations bruyantes et scandaleuses!

Et voilà pourtant où nous en sommes.

L'audience a été occupée d'abord par des affaires qui ont été remises.

L'affaire du curé de Cezais a été appelée à une heure. 30 témoins étaient assignés; 20 à charge, 10 à décharge. Quand nous disons: à charge, il est bien entendu que c'est dans le sens de l'incrimination, car personne n'a pu charger le curé. Le principal improvisateur — cette improvisation ne nous semble pas très heureuse, au moins dans ses conséquences, — du banquet du 14 juillet, le sieur Jamain, et qui ne l'a pas nié, a su contenir, dans de prudentes limites, le diapason d'une haine anticléricale qui, du reste, n'avait pas besoin d'explosion bruyante pour être trop connue.

M. l'archiprêtre de Fontenay, quelques autres ecclésiastiques, des avocats et des avoués en robe, un nombreux public assistaient à l'audience.

M. le procureur de la République occupe le siège du ministère public, M^e d'Angély est à la barre.

Une table avait été dressée pour la presse, sur la demande de la *Vendée*, par les soins obligeants de M. le président. Ajoutons qu'un incident imprévu est venu démontrer que cette obligeance avait ses limites quand il s'agissait de la *Vendée*. Au moment où le directeur du journal venait rejoindre son collaborateur, qui avait pris les devants, le président a fait observer qu'il n'y avait qu'une place pour la *Vendée*, et qu'il fallait que l'un des rédacteurs présents s'en allât. Il n'y avait que deux places occupées au banc de la presse ; l'espace réservé aux témoins était entièrement libre ; et on a trouvé que le président, dont le droit — *summum jus, summa injuria* — n'est pas d'ailleurs contesté, eut pu s'épargner une exclusion d'un caractère ici assez marqué, en attendant qu'elle fût motivée par l'encombrement, — et qu'il eut attendu jusqu'à la fin du procès. Cette expulsion provisoire était d'ailleurs de nature à ne pas attirer sur l'honorable président la défaveur de la République.

Le premier témoin appelé a été le brigadier de gendarmerie de la Caillère. Témoin à charge, bien entendu, bien qu'il n'appartienne pas à la cavalerie. — Le banquet, dit-il, a été improvisé par les sieurs Jamain, Rouillon, l'instituteur et deux ou trois autres citoyens. Sur l'avis de l'instituteur, on organisa un pique-nique, auquel chacun dut contribuer suivant ses moyens. La soirée a été très calme. Quarante personnes environ avaient pris place au banquet (d'autres témoins disent une trentaine seulement, sur cent cinquante habitants.) On a été surpris, dit le gendarme, de la sobriété des banqueteurs! Le témoin n'a pas entendu dire que l'on ait chanté aucune chanson immorale ou provocante. Il n'a entendu parler que de la *Marseillaise.* On a crié : Vive la République! au moment où l'on a cru apercevoir le curé dans le clocher. Il n'a entendu aucun autre cri. Cette fête n'a donné lieu à aucune manifestation, jusqu'à ce que le curé ait dit en chaire que le cimetière avait été profané, et qu'il fallait réparer cette profanation.

2° témoin : Michot, aubergiste et conseiller municipal. — C'est un des organisateurs du banquet. Sa déposition s'accorde avec celle du brigadier de gendarmerie. On a été très sage. Il n'a pas entendu parler du corbeau au moment où le curé a paru au clocher. Il a entendu chanter le commencement de la chanson du *Choléra.* Il n'a vu personne entrer dans le cimetière, qui est entouré d'un mur de huit pieds de haut. On danse habituellement dans le carrefour où on a dansé ce soir-là.

Il ne sait pas ce qu'on a dit en chaire. Ce qu'il a répété à ce propos dans l'instruction, il l'avait appris de l'*Avenir.*

Le procureur de la République insiste sur ce que la déposition écrite du témoin a été plus explicite.

M° d'Angély. — Est-ce que le témoin n'a pas signé, en sa qualité de conseiller municipal, une adresse au maire, l'invitant à faire cesser les scènes scandaleuses qui se sont produites?

Le témoin. — Oui; mais je ne sais pas ce que j'ai signé.

3° témoin : L'ex-instituteur Rouillon, Etienne-Aimé, demeurant à Thouarsais. — Il dit qu'il n'est pas un des organisateurs du banquet, mais qu'il y a assisté. Il n'a pas vu le curé paraître au clocher, mais il a distingué seulement une ombre, au vu de laquelle des cris: Ah! Ah! se sont fait entendre, suivis de celui de : Vive la République ! M. Jamain a crié : Chut ! chut ! il ne faut pas l'*engueuler*. Le témoin n'a pas entendu M. Jamain, mais on le lui a raconté.

Le président. — Quelles chansons a-t-on chantées?

Rouillon. — Des chants nationaux.

Le président. — Avez-vous entendu chanter : *Le Vicaire et la Femme du Teinturier* ?

Rouillon. — Non, j'ai seulement entendu prononcer le mot de *Choléra*. On a bien entamé une chanson qui m'a paru devoir être immorale ; mais j'ai imposé silence aussitôt. Nous étions là accompagnés de nos femmes et de nos enfants, et nous n'aurions permis aucune inconvenance. Nul n'a franchi les murs du cimetière, qui ont de 5 à 6 pieds de haut. Le dimanche, M. le curé a lu un discours dans lequel il a dit que les assistant étaient des buveurs de sang et des femmes immorales.

Le président. — Avez-vous vu que la population ait été surrexcitée à la suite du sermon du curé?

Rouillon. — Je l'ai entendu dire ; mais je ne l'ai pas constaté.

Le témoin confirme les dépositions précédentes sans ajouter de nouveaux faits. Il s'étonne que tout le monde ait été sage et sobre ; puisqu'il y avait *des personnes susceptibles de le faire*. (Hilarité.)

Il sait qu'un lapin a été pris dans le cimetière. Des personnes ont pu y pénétrer, mais il ne les a pas vu. Le curé aurait dit qu'on avait *désenterré* les morts et renversé les tombes ; on a fait une procession expiatoire.

On danse toujours au même endroit.

On a accusé le curé d'avoir dit, à l'époque des élections, qu'il faudrait un Napoléon pour mitrailler ces brigands de républicains ; mais il ne l'a pas entendu. Il ne sait pas si le curé s'est occupé d'élections.

4ᵉ témoin : Jamain. — Au moment où le curé a paru dans le clocher, le témoin a dit : *C'est peut-être une provocation de ce prêtre ;* je vous engage à ne rien dire.

Si l'on ne connaissait la passion anticléricale du sieur Jamain pour le clergé, ce propos pourrait passer pour une grotesque bouffonnerie, imaginée par un des personnages de Henri Monnier. Il n'en est rien ; la tactique grossière, mais efficace, apparaît d'ailleurs suffisamment. Le sieur Jamain se réserve l'autorité que donne une apparente modération. Les niais s'y laissent prendre très volontiers.

Le sieur Jamain, on le comprend, n'a pas entendu parler des calomnies qui ont été propagées contre le curé, et que tout le monde connait.

Parbleu !....

On a toujours dansé sur la place publique, qui appartient à la maison Morgand, touchant le cimetière. Il est possible que quelqu'un soit entré dans le cimetière, mais il ne l'a pas su.

Il n'était pas à la messe du 16 juillet. (Il y a pour cela une excellente raison : c'est qu'il n'y va jamais.)

A la sortie de la messe, il arrivait au moment où l'on faisait la procession dans le cimetière. Il a demandé l'explication de cette cérémonie. On lui a répondu que c'était un acte réparatoire pour la profanation du 14.

5ᵉ témoin : Védic. — Il est entré dans le cimetière et a fouillé sous les tombes avec une perche pour faire sortir un lapin. Il n'a entendu chanter ni la chanson du *Choléra*, ni celle du *Vicaire et la Femme du Teinturier*. Il a crié : Vive la République ! et chanté la *Marseillaise* au moment de l'apparition du curé dans le clocher.

Il a entendu dire que le curé avait accusé dans la chaire, les femmes qui avaient assisté à la fête, d'être sans honneur et sans pudeur.

6ᵉ témoin : M. Gourmaud, fabriquant de chaux.— Ce témoin, cité à charge comme présentant le type des excitations que l'on reproche au curé d'avoir provoquées, rappelle les termes du sermon, et avoue qu'il a été tout ému à la pensée que l'on avait pu profaner les tombes. Il est un des nombreux auditeurs qui ont félicité M. le curé d'avoir flétri les actes

sacrilèges du 14 Juillet : Il l'a remercié en lui disant :
M. le curé, vous vous êtes fait l'interprète de tous les
honnêtes gens.

Oui, a-t-il ajouté avec énergie, en réponse à une
question de M. le président, si je voyais profaner
les cendres de ma mère, je tirerais sur les profanateurs.

M. Gourmaud était très excité. On le lui a fait
observer : il a répondu que c'était tout naturel, que
l'on avait voulu profaner le cimetière, et que, si on
l'avait fait, il aurait chassé les profanateurs à coups
de fusil. Ce propos a été entendu par la belle-sœur
de Jamain. Celui-ci n'a jamais été témoin d'aucun
acte de propagande du curé pendant la période
électorale et n'a pas entendu parler des propos
prêtés au curé à cette occasion. (Vœu pour la venue
d'un Napoléon pour mitrailler les républicains.)

On ne danse pas habituellement au lieu qui a été
choisi pour les réjouissances du 14 Juillet. Ce sont
les marchands forains qui l'occupent d'ordinaire.

Les dépositions qui suivent ne font que reproduire
les faits qui précédent, et qui donnent une physiono-
mie très exacte d'ailleurs des résultats de l'instruction. Le sieur Bazireau, Justine Védic, veuve Juliet,
femme Savarieau, femme Grayon, femme Jamain,
Henri Belaud, Jeannette Bridonneau, femme Rous-
seau, Pierre Gerbaud, René Berton, Louise Batiot,
Jean Boutet et Jeanne Frouin, femme Drillaud, n'ont
entendu ni chansons obscènes ni le chant du *Choléra*.
Ils savent, soit par ouï-dire, soit pour l'avoir entendu,
que le curé a traité de femmes sans honneur et sans
pudeur, celles qui ont assisté aux danses. La population s'est montrée indignée contre les festoyeurs
qui ont cerné le cimetière de leurs rondes et de leurs
quadrilles, et qui ont troublé le silence solennel de
la mort par leurs vociférations ; mais cette indignation ne s'est traduite par aucun désordre. Tous ont
eu d'ailleurs connaissance des bruits calomnieux
répandus contre le curé, mais que nul ne peut
appuyer.

Le sieur Gerbaud n'a pas entendu dire que le cimetière avait été profané. Il a suivi la procession.

M. le président paraît s'étonner de ce qu'il l'ait suivie sans en savoir le motif. Il n'y a pas de quoi. Beaucoup de catholiques, et des plus forts jurisconsultes même, en feraient tout autant, sachant que l'on peut toujours prier à une procession.

Le sieur Jean Boutet a blâmé le curé, mais sans l'avoir entendu. Il était à la porte de l'église pendant le sermon et ne pouvait l'entendre.

Le président. — Pourquoi l'avez-vous blâmé, puisque vous ne l'avez pas entendu ?

R. — Puisqu'il avait blâmé plusieurs personnes.

D. — Enfin, vous l'avez blâmé !

R. — Oui.

D. — D'autres personnes étaient-elles de votre avis ?

R. — Ah ! dame ! nous étions à l'auberge.... Il y en avait qui blâmaient le curé !

Cela n'a rien de surprenant.

La femme Drillaud a entendu crier, au moment où le curé a paru au clocher, hou ! hou ! le corbeau ! et : Vive la République !

M. Jamain, rappelé, affirme n'avoir rien entendu, et avoir fait des recommandations de silence uniquement pour prévenir *les cris qui auraient pu se produire*. On voit que le témoin est bien prévoyant.

La femme Drillaud maintient énergiquement sa déposition.

La série des témoins à charge est épuisée. Nous nous félicitons d'échapper à la tâche piquante, mais trop longue, de faire la charge de quelques-uns de ces témoins.

TÉMOINS A DÉCHARGE :

On a vu que la plupart des témoins à charge n'ont pas entendu chanter la chanson du *Choléra*. Beaucoup d'entre eux, et notamment Jamain, ont même affirmé qu'elle n'avait pas été chantée. Or, pour préciser d'un mot le degré de sincérité de ces festoyeurs du 14 Juillet et la moralité de l'affaire, disons tout de suite que l'un des témoins qui va se faire entendre a avoué sans hésitation qu'il en avait chanté deux couplets. Nous pensons qu'il est temps enfin de la faire connaître à nos lecteurs et au public ; car il nous paraît probable que c'est le seul moyen de lui faire voir le jour. Ici, pour répondre à une allégation du procès, de laquelle il résulterait que cette chanson est inconnue dans le pays, disons que, personnellement, nous avons fait à Fontenay quelques démarches pour nous la procurer, que plusieurs de ceux à qui nous l'avons demandée l'avaient entendue chanter à Fontenay et en avaient retenu quelques passages ; mais qu'il nous a été très difficile, on devinera sans doute pour quel motif, de nous la procurer.

La voici :

CHANSON : *LE CHOLÉRA.*

1er *Couplet.*

Il existe une affreuse épidémie,
Qui, trop souvent, attriste le pays,
Fléau cruel, affreuse maladie,
Le plus cruel de tous nos ennemis.

2e *Couplet.*

Je tomberais sur toute la canaille,
En épargnant seuls les honnêtes gens ;
Je détruirais tous ceux qui font ripaille
Sur ceux que l'on voit mourir indigents ;
Je détruirais ces rois qui font la guerre ;
Ces Bonaparte, tous ces vils scélérats,
Disparaîtraient bientôt de dessus la terre,
    Ah ! si j'étais le choléra !

3e *Couplet.*

Passant la mer, j'irais jusqu'au Mexique,
Où l'on a fait mourir Maximilien ;
En respectant sa vieille République,
J'attraperais là-bas plus d'un vaurien.

4e Couplet.

Je sabrerais ces cagots en lévite,
Qui montent en chaire pour dire ce qu'ils ne savent pas ;
J'attraperais aussi ces aubergistes,
Qui vendent du chat en civet aux repas ;
Le médecin qui traite notre existence,
En nous disant : je crois qu'il guérira ;
J'attraperais ces marchands d'ordonnances.
  . Ah ! si j'étais le choléra !

5e Couplet.

Je détruirais toute chose inutile :
Ces vils flatteurs et tous ces courtisans,
En attrappant ces messieurs du concile,
Je voudrais bien tomber sur les couvents ;
Je détruirais le pape et toute sa clique,
En me moquant de tout ce qu'on me dira :
Je détruirais aussi tous les jésuites.
  Ah ! si j'étais le choléra !

6e Couplet.

Je dois finir enfin pour mille causes,
Car je ne veux pas vous alarmer ;
Pourtant je connais bien d'autres choses,
Que le devoir me défend de nommer ;
Car il y en a que ma chanson attriste.

Le premier témoin à décharge appelé a été Mme Virginie Ducrocq La Place, née Richert. — Mme Richert est la fille d'un ancien maire de Cezais, et la veuve d'un officier supérieur en retraite qui a été également maire de Cezais. Cette famille est des plus honorables. Le témoin, dont l'attitude est des plus distinguées, se présente avec des garanties d'éducation, d'intelligence et de dévouement qui donnent une valeur particulière à sa déposition.

M^e d'Angély demande que les questions de M. le président portent sur les trois points suivants : calomnie et provocation dont le curé a été l'objet ; — scènes du banquet ; — sermon du curé.

D. — Le témoin n'a-t-il pas entendu dire que l'on avait chanté la chanson du *Choléra ?*

R. — Oui.

D. — Vous ne savez pas le nombre des couplets chantés ?

R. — Non.

Le témoin sait qu'une fusée au moins est tombée dans le cimetière.

D. — Où danse-t-on habituellement ?

R. — Dans la cour de l'instituteur. On ne danse jamais près du cimetière.

D. — Avez-vous assisté au sermon ?

R. — Oui.

Mme Richert répète le sens des paroles du curé, que nous donnons plus bas.

Le curé a été souvent insulté. Le témoin se rappelle parfaitement que le curé a été plusieurs fois insulté lorsqu'il passait par le bourg. Il a été odieusement calomnié, à l'indignation de la presque unanimité de la population, qui n'a ajouté aucun fait à ces calomnies.

Pour moi, ajoute avec une grande dignité Mme Richert, le respect des ministres est inséparable du respect de la religion, et je n'ajoute aucun crédit à ces propos outrageants que la haine aveugle seule peut engendrer, dont les auteurs se cachent, et qui ne reposent sur aucun fait.

Mme Richert rend un témoignage des plus concluants sur les vertus de l'abbé Murzeau.

2e témoin : Marie Blaize, tailleuse.

D. — A-t-on chanté des chansons immorales !

R. — Oui, la *Marseillaise* (hilarité), et le *Choléra*.

Pour le reste, déposition analogue à celle qui précède.

3e témoin. — Pierre Drillaud a entendu des hurlements et des vociférations contre le curé et contre lui-même, qui est le chantre de la paroisse. Il sait que le curé a été calomnié !

A entendu dire par plusieurs personnes que l'on était entré dans le cimetière dans la matinée du 14, et que le cimetière avait été profané.

D. — Le sieur Ayraud vous a-t-il dit qu'il avait chanté la chanson du *Choléra ?*

R. — Oui.

Du reste, Ayraud viendra le dire lui-même au tribunal.

Le témoin ajoute que le sieur Jamain père, — qui n'apparaît qu'à l'état de silhouette, avait prétendu avoir trouvé le curé ivre dans un chemin.

Cette ignoble calomnie a été réfutée par tous les témoins.

4° témoin : Louis Métay, charron. — On a crié le soir : A bas le curé ! Vive la République ! On est entré dans le cimetière. On ne dansait pas habituellement à cet endroit. Connaît les calomnies et les injures proférées contre le curé.

Henri Bire, Fromaget et Ayraud déposent dans le même sens.

A propos de la chanson : *Le Vicaire et la Femme du Teinturier*, M. le procureur de la République dit que l'avocat est le seul à la connaître.

Mᵉ d'Angély réplique qu'elle se chante publiquement dans toutes les auberges du canton de la Châtaigneraie. Cette allégation sera confirmée par un témoignage décisif.

.M. le procureur dit qu'il fallait le prouver.

Mᵒ d'Angély répond qu'il n'est pas le ministère public, et que ce n'est pas à lui à rechercher les délits.

8ᵉ témoin : Raymond-Silas Flandrois, maire de Cezais.

M. Flandrois est trop honorablement connu et trop estimé de tout le monde, même de ses adversaires politiques, pour que nous ayons à signaler l'intérêt de sa déposition.

D. — Dans votre pensée, quel a été le mobile qui a poussé à organiser la fête dans les conditions où elle l'a été.

R. — Monsieur le président, il n'existe aucun doute dans mon esprit. On n'avait d'autre but que de faire sortir M. le curé de la réserve dans laquelle il s'est constamment tenu.

Là, en effet, a été la véritable provocation.

Il vient confirmer avec énergie et autorité l'entière honorabilité, le dévouement et la charité de M. le curé de Cezais. Dans une épidémie de fièvre typhoïde ce digne prêtre a montré, en visitant des malades abandonnés même par leur famille et en leur donnant les soins les plus assidus, jusqu'à quelle abnégation il portait le sentiment du devoir. Sa vie a été toute de sacrifices et de résignation, particulièrement à Cezais, où il a été en butte à des haines fomentées exclusivement par la passion anti religieuse.

L'honorable maire de Cezais explique que le cimetière, plus élevé que la route, est entouré d'un mur qui forme clôture seulement sur une partie de son périmètre, mais qui, pour le reste, n'est que de soutènement, puisque les terrains sont à la même hauteur. On voit les tombes et les inscriptions de la route. On peut donc dire qu'il y a profanation morale à venir faire, du chemin qui borde le cimetière, le théâtre de démonstrations bruyantes, de danses et de chants de haine.

On ne danse jamais en cet endroit. A peine quelques noces, sortant de l'église, s'y sont-elles arrêtées accidentellement quelques instants.

On a chanté la chanson du *Choléra*. Cela est à la parfaite connaissance de M. le maire, et les scandales du 14 ont été tels que, à la séance du Conseil municipal suivante, le maire a été invité par l'unanimité des conseillers à en prévenir le renouvellement. Une délibération a été prise dans ce sens.

Les dépositions du sieur Bire, Henri, ont clos la série des témoignages, en confirmant celles qui précèdent.

On rappelle le témoin Michot, aubergiste et conseiller municipal. Il n'a pu expliquer pour quel motif il a signé la délibération ; mais il reconnaît que la fête a été lucrative pour lui. Il aurait donc intérêt à la voir se renouveler dans le même lieu.

Interrogatoire du curé de Cezais.

M. le président donne lecture du sermon, que nous reproduirons plus loin. C'est le corps du délit. Si la montagne n'accouche pas d'une souris, elle accouchera de beaucoup de sourires de pitié, ou plutôt de justes réprobations contre la campagne gouvernementale qui donne de tels résultats.

D. — Ce discours est bien textuellement celui que vous avez lu ?

R. — Oui, monsieur le président.

D. — Les termes n'en ont-ils pas dépassé votre pensée ?

R. — Non, monsieur le président. J'ai fait mon devoir de prêtre.

Là, une discussion s'élève, très ferme et très calme de la part de M. le curé, insistante et, disons-le, un peu acrimonieuse dans la forme, de la part de M. le président, sur le sens du mot profanation.

On s'étonne sans doute que la magistrature ne semble pas admettre la distinction éclatante qui existe entre une profanation matérielle, caractérisée par la violation des tombeaux et par les outrages sacrilèges qui peuvent être faits au champ du repos, et la profanation pour ainsi dire morale, qui résulte du choix du voisinage d'un cimetière pour y chanter des chansons grossières et provocantes, pour y lancer des feux d'artifice, pour y danser et pour y banqueter bruyamment. C'est pourtant sur ce point élémentaire que l'incrimination paraît s'être assise sous la parole de M. le président, qui insiste pour confondre ces deux profanations.

— On a interprété, dit M. Gaillard de la Dionnerie, dans le sens d'une profanation réelle, les termes de votre sermon.

— Tout le monde n'est pas intelligent dans ma paroisse, répond justement le curé ; mais ma parole était suffisamment expliquée par le caractère de la

procession que j'ai faite, et qui était simplement réparatoire. S'il y avait eu profanation réelle, je n'ai pas le pouvoir nécessaire pour procéder à une cérémonie expiatoire, qui eut été de la compétence de mes supérieurs hiérarchiques. Ceci, on ne peut pas l'ignorer.

— Mais, dit le président, il ne peut y avoir profanation, même morale, dans le fait d'avoir célébré une fête nationale sur un chemin public. N'est-il donc pas permis de passer sur une route voisine du cimetière sans le profaner ?

M. le président doit bien savoir que, lorsqu'un catholique passe devant un cimetière, son mouvement en quelque sorte instinctif est de se recueillir et de donner une grave pensée au souvenir de ceux qu'il a perdus. Pour peu qu'il soit pieux, il se découvre et récite un *De profundis*, mais il n'en est pas un qui se livre en pareil cas à des éclats de joie ou à de bruyantes manifestations.

L'attitude digne et ferme du curé de Cezais semble avoir très favorablement impressionné la salle. Il est bien évident que le sentiment général est le désappointement, parmi ceux qui espéraient trouver quelque fondement à l'accusation, et, de la part des autres, un profond étonnement de la futilité d'une poursuite qui ne semble pouvoir reposer que sur un parti pris de livrer le clergé aux haines qui ont été soulevées contre lui depuis quelques années par un gouvernement dont la devise a été formulée dans ces termes trop exploités : le cléricalisme, voilà l'ennemi !

Il nous reste maintenant, dans l'impossibilité ou nous sommes de donner aujourd'hui la plaidoirie de Me d'Angély, le réquisitoire de M. le procureur de la République et la réplique de l'avocat, que nous analyserons dans notre prochain numéro ; à mettre enfin sous les yeux de nos lecteurs la fameuse pièce sur laquelle a été construit le fameux échafaudage auquel on a attaché l'article 202 du Code pénal. On pourra le rapprocher de la chanson que nous avons donnée en débutant, et qui a été chantée impunément à Fontenay. Cela seul suffirait pour caractériser la poursuite ; mais nous pensons qu'il est encore plus instructif de placer ici en regard :

Ceux qui sont poursuivis

SUJET DU PROCÈS

LU EN CHAIRE LE 14 JUILLET 1882

—

RÉPARATION AU CIMETIÈRE.

A l'issue de la messe, M. F., nous irons ensemble dans le cimetière, dans le champ des morts ; là nous appelle un devoir des plus impérieux : nos morts ont été insultés, leurs tombes profanées par une vingtaine de fanatiques, hommes, femmes et enfants, On a lancé autour de leur demeure, et jusque dans l'enceinte, l'insulte à Dieu l'insulte à la mort, l'insulte à nous-mêmes. Oui, on a pu voir des êtres insulter Dieu, sans honte et sans pudeur, blasphémer son saint nom, provoquer ses vengeances, invoquer le choléra (1). Ces malheureux insulteurs de la mort ont maudit les hommes comme ils ont maudit Dieu lui-même : ce ministre auquel, il y a peu de jours encore,

Ceux qui ne le sont pas.

Au meeting de la salle Rivoli, 104, rue Sainte-Antoine, le citoyen Lefrançais ancien membre de la commune, dit :

Nous sommes venus, pour protester contre les arrestations de nos amis et contre les saisies arbitraires opérées chez eux. Le procès de Montceau-les-Mines déroute les légistes. Il est une nouvelle preuve de la lâcheté du ministère. La France est fatiguée des ineptes, des lâches, des ventrus, des entrepreneurs de coups de Bourse qui prétendent représenter la République. Laissons *cuire dans son jus* ce gouvernement bâtard qui ne représente que des intérêts malpropres. S'il y avait une restauration monarchique, les Gambetta et toute la bande des exploiteurs se jetteraient aux pieds du maître du jour, lui lècheraient les bottes comme les trois quarts de ceux qui nous gouvernent l'ont fait pour l'Empire.

Le compagnon Hemery Dufourg. Eh bien ! voyez la justice, le pillage de l'archevêché a procuré à Grévy une *crâne* place. Il joue au billard, se fiche de tout et sur-

ils tendaient une main plus ou moins hypocrite, comme les Pharisiens dont il est parlé dans l'Evangile de ce jour. Pour eux, ce n'était pas assez de célébrer la fête du 14 juillet, anniversaire de 1789, il leur fallait encore insulter les morts, profaner leur demeure par des illuminations, des feux d'artifice et des fusées lancées jusque sur leur tombe, le tout accompagné de hurlements sauvages et de cris féroces : ils appelaient aux armes et demandaient du sang ; on aurait dit que le vin n'était pas capable d'apaiser leur soif, et qu'ils voulaient venger le sang d'un père, d'une mère ou d'un frère souffrant et mourant pour la patrie comme en 70. Oui, M. F., il s'est trouvé dans cette paroisse, dans ce bourg, vendredi dernier, des êtres assez dénaturés pour insulter leurs parents défunts : des pères ont bu, chanté, dansé auprès de la fosse de leurs enfants ; et des enfants à leur tour se sont livrés à de pareils excès non loin de la tombe de leur père et de

tout de nous, et il fait flanquer les *copains* au clou. On appelle ça la justice sous la République bourgeoise.

Ce vieux *rabougri* de Duclerc, qui devrait être à Bicêtre, *me fourre au bloc.* Si quelqu'un peut me dire pourquoi j'ai été arrêté, je lui paie un verre.

Le juge m'a dit : Je ne sais pas pourquoi on vous a arrêté. Eh bien ni moi non plus que je lui ai répondu ; cela me fait plaisir de voir que vous êtes aussi bête que moi. Il avait une assez bonne tête ce juge. Mais pour moi, tous ces robins c'est pas grand chose. Il n'en faut plus. Nous avons un gouvernement de *feignants.*

J'ai réclamé quand on m'a lâché mes papiers au commissaire de mon quartier. Il m'a dit que c'était par la loi. Je m'en fiche pas mal de la loi. Quand le jour sera venu, c'est pas le vieux Grévy avec sa queue de billard qui nous empêchera de taper. Le peuple seul doit être et sera le maître. Quand nous aurons le pouvoir, que nous serons en blouse et couverts de vermine nous saurons le garder. A pas peur bourgeois, nous t'apprendrons à vivre.

Compte-rendu d'une réunion, à Lyon :

Le délégué à l'ordre. — C'est ainsi que les anarchistes désignent les présidents de

leur mère; des vieillards même qui ont déjà un pied dans la tombe et dont l'épouse et les enfants reposent dans ce cimetière se sont associés à tous ses excès; et dire qu'il s'est trouvé des mères assez malheureuses pour conduire leurs enfants à de pareils spectacles! Il ne leur manquait plus que de franchir comme un ouvrier voisin, les murs du cimetière, ou d'aller y danser sur les tombes.

Ah! si on ne l'a pas fait, du moins on s'en est dédommagé en dansant le long du mur et le plus près possible; et Dieu sait quelle danse on y a exécutée au milieu des ténèbres, pendant la nuit, jusqu'à une heure après minuit. Des femmes éhontées et des filles, qui se montraient ainsi sans honneur et sans pudeur, n'ont pas rougi d'y encourager la danse par leurs chants lascifs. On y a même vu des filles de 14 à 15 ans à peine dont le père et la mère devaient rougir du fond de leur cercueil.

Voilà, M. F., ce qui s'est passé à Cezais, dans cette jour-

réunion — prend la parole.

Deux ennemis sont en présence, dit-il, le gouvernement et le peuple. En présence des menaces qui nous sont faites, notre devoir est de faire face au danger. (Tumulte).

Le compagnon Bruyère lit péniblement une protestation où il est question des pauvres victimes de la bourgeoisie et de l'infâme gouvernement qui fait arrêter les défenseurs de l'ouvrier.

Un délégué de Vienne vient protester contre les actes arbitraires de la « République impériale. »

Le compagnon Dejoux assistait à ces différents vols; il a regretté de n'avoir pas sous la main un revolver ou un poignard pour régler le compte de Morin.

Pugeot propose de flétrir des actes de la police et invite la réunion à se déclarer solidaire des anarchistes de Montceau.

Le citoyen Duvergne. — Par quels moyens rendrez-vous l'ouvrier l'égal du bourgeois ?

Plusieurs voix. — Avec le poignard et la dynamite!

Enfin *Joly* se présente à la tribune et s'explique ainsi : je suis marié et père de famille, j'aime ma femme et mes enfants; mais si vous avez besoin de mon bras, je suis à votre disposition, prêt à tuer le président de la République et le commissaire ici présent, s'il le faut.

Après avoir flétri successi-

née désormais de si triste mémoire. Je le dis, non parce que on me l'a rapporté, mais parce que je l'ai vu et entendu de mes propres oreilles, et cela du haut du clocher dont je suis le gardien et le défenseur légal. On sait que ma présence en ce lieu gêne les coupables, ils l'ont assez prouvé par leurs hurlements, leurs insultes et leurs chansons impudiques; mais on sait que cela ne déplaît qu'à eux seuls. Après tout, je suis chez moi, c'est mon droit, j'en ai usé, et j'en userai encore, non pas comme eux pour insulter les morts, mais pour les défendre et les faire respecter.

O vous, M. F., qui croyez à une autre vie et ne voulez pas mourir comme des animaux et qui avez encore le respect de la mort et de vos parents défunts ; vous qui les avez aimés pendant la vie et les aimez encore, venez, *allons tous ensemble prier sur leur tombe profanée, allons y verser des prières et des larmes ; allons venger par nos prières les injures*

vement le gouvernement, la police, et s'être déclaré solidaire des troubles de Montceau, la réunion se sépare aux cris de : Vive la révolution !

Le but de ce groupe est nettement exposé.

« Nous voulons que les jeunes marchent en avant et qu'ils tiennent haut et ferme et toujours le rouge étendard de la Liberté »

La *jeunesse anarchiste* a tenu un meeting, salle de l'Alcazar, 190, avenue de Choisy.

L'ordre du jour portait : Les troubles de Montceau-les-Mines.

Le citoyen Emile Gauthier, correcteur au journal la *France*, s'est livré à une charge à fond contre le capital, et la citoyenne Louise Michel a fait un appel à la révolte armée, qui doit nous débarrasser de ces « bandits » du gouvernement actuel. « Que le tocsin sonne et que le canon gronde et nous triompherons, » a terminé l'orateur.

Un groupe de socialistes, la *Jeunesse anarchiste*, a tenu le 29 août, une réunion publique, salle Graffard, au sujet des récents troubles de Montceau-les-Mines.

La citoyenne Louise Michel fait l'apologie des troubles de Montceau-les-Mines, qu'elle représente comme l'œuvre du parti ouvrier de Saône-et-Loire.

— Quand donc, s'écrie-t-

et les outrages qu'on leur a prodiguées. ALLONS DE- MANDER PARDON ET MISÉ- RICORDE POUR CES MAL- HEUREUX INSULTEURS DE LA MORT ; prions Dieu de ne pas les frapper comme ils le méritent par une mort non moins prompte que terrible ; Demandons-lui de leur par- donner comme il a pardonné à ses bourreaux et que les corps de vos défunts reposent en paix en attendant la ré- surrection glorieuse.

elle dans sa péroraison, fe- rons-nous, à notre tour, notre révolte ? N'est-il pas venu le temps d'écraser les exploi- teurs et d'établir sur les ruines de la bourgeoisie la véritable République, la République sociale ? (Applau- dissements. — Cris : Vive la Commune !)

Un orateur demande qu'on en finisse avec les paroles et qu'on passe aux actes. (Cris : Vive la Commune !)

« Seul, le citoyen Cyvoct, anarchiste, obtient le silence.

» Bien peigné, encore mieux habillé, magnifique faux-col et redingote noire, ce jeune tribun plaide pour la suppression pure et simple de tout ce qui existe.

» La guillotine ne procé- dant qu'avec lenteur, il ré- clame la fusillade : son geste est couvert d'applaudisse- ments.

Le prononcé du jugement a été remis à huitaine. Nous donnerons dans le prochain numéro de la *Vendée*, l'analyse de la plaidoirie chaleureuse de Mᵉ d'Angély, et le réquisitoire correct, habile, modéré dans la forme, et digne d'une cause moins suspecte et moins véreuse du Procureur.

Nous n'exprimons ni n'éprouvons aucun doute sur l'équité des honorables magistrats qui ont la charge de prononcer sur cette misérable affaire, quelles que puissent être — ou apparaître — leurs préventions personnelles quant aux sentiments politiques qu'elle éveille. Bien que leur arrêt soit dans toutes les bouches, s'il n'est pas conforme à nos désirs et à nos espérances, nous saurons nous incliner devant le respect dû à la justice, qui peut se tromper, mais qui du moins nous donne jusqu'ici des garanties inattaquables d'honnêteté.

Laissons-la donc faire son œuvre, plein de confiance dans son impartialité.

L'audience est reprise à neuf heures du soir.

La parole est à M⁰ d'Angély.

L'affaire qui l'amène à la barre ne résulte pas d'un fait isolé. La cause du curé de Cezais est la cause du clergé, celle de l'Eglise et de la religion.

La persécution anti religieuse est le caractère de la crise effroyable que nous traversons, et qui atteint la société dans la profondeur de ses assises, dans le principe de son existence, dans sa foi qui est le seul lien des sociétés et le seul fondement de la morale.

L'esprit de haine, formulé dans une devise célèbre, et qui a donné le mouvement à toutes les passions aujourd'hui acharnées contre les prêtres, est entré sur le terrain des faits. Il faut être aveugle pour ne pas voir que la poursuite exercée contre le curé de Cezais est le résultat d'un système conçu pour déconsidérer le clergé aux yeux des populations. Cet esprit, longtemps concentré dans la fange révolutionnaire des grandes villes, a aujourd'hui pénétré, avec garantie du gouvernement, dans les plus humbles campagnes.

Il y a recruté des instruments, des apôtres autour desquels se groupent tout ce que chaque village renferme de déclassés, toute ambition injustifiée, toute rancune puisée dans les habitudes du vice, contre les préceptes et les critiques de la morale.

L'orateur trace le portrait du curé de campagne. Ce missionnaire de la charité, du sacrifice, du dévouement à toute épreuve, est exposé à la vue de tous par son caractère élevé, par les services éclatants qu'il rend avec modestie, avec humilité. Isolé au milieu des intérêts matériels qui se croisent autour de lui, mais entouré de l'affection générale et de la reconnaissance de la population, il est désarmé contre la calomnie qui ne peut monter jusqu'à lui, mais qui rampe autour de sa demeure ouverte, maison de verre où toutes ses actions sont épiées par des haines peu nombreuses, mais violentes et implacables.

Les crises politiques en font le bouc-émissaire de toutes les passions, qui révèlent le masque de l'esprit de parti. A la faveur de ce déguisement, on ameute contre le prêtre tout ce qui est dépourvu de sens moral, tout ce qui est surexcité par des convoitises malsaines, tout ce qui prête le flanc à la juste critique sacerdotale. Aujourd'hui que l'on a fait particulièrement de la religion l'émeute du progrès qu'elle a fondé et dont elle est la tutrice légale et l'apôtre autorisé, on ne semble avoir d'autre objectif que d'allumer contre le prêtre toutes les violences, et la poursuite actuelle ne semble être qu'un rameau de cet immense complot dans lequel on a juré de détruire la religion et ses ministres.

Arrivant au banquet du 14 juillet, il peint cette étrange manifestation patriotique à côté des tombes, qui commence par le cri de : A bas le corbeau! se poursuit par le chant de la *Marseillaise,* et de l'immonde chanson du *Choléra,* et se termine par des fusées qui éclatent sur les tombes.

Et alors il se demande ce qu'a dû penser le prêtre en présence de l'outrage fait à ces morts dont il est le gardien naturel.

Ce sermon qu'on incrimine, qu'y trouve l'orateur? La juste flétrissure appliquée par l'indignation légitime du prêtre, indignation qu'a partagée la population tout entière, à ces scènes scandaleuses et provocantes organisées, comme l'a dit un témoin dont l'honorabilité est connue, pour le faire sortir de son calme et de la réserve dont il ne s'est jamais départi.

Le conseil municipal s'est fait l'écho indigné de ce sentiment général, et pas une voix désintéressée ne s'est élevée pour blâmer le pasteur.

Sur quoi, d'ailleurs, reposent les griefs articulés contre le curé de Cezais? Sur ce qu'il avait, en vue d'exciter l'opinion publique, dit que les tombes du cimetière avaient été profanées? Et bien, n'est-ce pas vrai?

Sans doute, il n'y a pas eu profanation matérielle, violation des tombes. Mais n'est-ce pas une *profanation* véritable, au point de vue moral, que de voir se livrer, contrairement à tout usage local, à de bruyantes manifestations dont sans doute on ne peut nier le caractère *profane?* S'il en était autrement, on ne pourrait plus s'entendre sur la valeur des mots. De quel droit, d'ailleurs, un tribunal s'érige-rait-il en juge d'une question qui est exclusivement du domaine spirituel? Quel est le Code qui a défini les conditions d'une profanation? Ceci est directe-ment de l'autorité religieuse, qui seule a compétence pour qualifier ces actes.

Non; il est indiscutable que M. le curé de Cezais a été provoqué, provoqué depuis longtemps par les injures et les calomnies dirigées contre lui; provoqué encore le jour du banquet par les cris insultants qui ont salué son apparition dans le clocher, apparition qu'on a été jusqu'à lui reprocher, comme si elle n'était pas dans son droit, comme s'il n'était même pas libre de fréquenter les biens confiés à sa garde et à sa responsabilité!

Et ces chants de la *Marseillaise,* n'étaient-ils pas eux-mêmes une provocation dans la circonstance?

Il y a deux *Marseillaises,* Messieurs, s'est écrié Mᵉ d'Angély avec énergie: l'une qui a. été chantée par les volontaires de 1792, et qui les a conduits à la victoire....

(Ici nous nous permettons une parenthèse. Cette légende des volontaires de 1792 est usée. On voudrait en vain dans un intérêt politique qui exploite beau-coup d'autres légendes, faire croire que les volon-taires de 1792 ont été sauveurs de la patrie. La vérité est qu'ils se sont fait battre avec assez d'ensemble, comme en 1870-71, partout où ils se sont présentés sur les champs de bataille, et que se sont les véri-tables soldats, les soldats de la vieille armée royale, qui ont remporté les victoires de cette époque et refoulé l'ennemi. Il ne serait pas difficile de retrouver les anciens rapports des généraux de la république qui disaient que l'on ne pouvait rien faire des volon-laires.)

Il y a encore, poursuit l'honorable défenseur, la *Marseillaise* de 1793, celle qui a retenti en même temps que les tambours de Santerre, celle que l'on enteudait en 1830, en 1848, pendant la Commune, l'ombre du sinistre drapeau des guerres civiles et des brigandages, à Montceau-les-Mines, celle que l'on entend toujours, partout où l'écume des bas-fonds sociaux se lève pour couvrir la France de boue et de sang, et aujourd'hui pour la faire sauter avec la dynamite, la *Marseillaise* de la *rigolade,* enfin !

Eh bien, quelle est celle des deux *Marseillaises* que l'on a chantée quand on a vu le prêtre ? Quelle était les intentions des hurleurs de Cezais, quand ils l'ont entonnée en apercevant le curé, après avoir lancé d'autres clameurs insultantes ! Est-ce celle que l'on invoque comme un chant de patriotisme et de victoire ? Est-ce celle qui se trouve en tête de toute manifestation révolutionnaire et parricide ! Aucun doute n'est permis. L'ennemi n'était pas là, et on ne pouvait invoquer le caractère national du chant du royaliste Rouget de l'Isle. Ce ne pouvait être dans la circonstance qu'un outrage et une pro-vocation.

Donc, le curé de Cezais a été d'abord insulté calomnié, et provoqué, et, ce qui justifiait encore mieux son indignation, le respect du champ des morts a été méconnu, le cimetière a été réellement profané par une fête toute et trop profane, et il n'a fait que remplir un devoir. On a saucissonné impu-demment le 14 juillet (UN VENDREDI, QU'ON NE L'OU-BLIE PAS) à la porte du cimetière et de l'église, et on voudrait que le curé ne se fut pas ému ! Où donc est le respect de l'église et de ses lois, que l'on per-siste à affirmer hypocritement ?

L'orateur déclare qu'à ses yeux une condamnation intervenant contre le curé de Cezais, étant donnés les faits indéniables de la cause, serait une véritable absolution donnée à l'esprit provocateur qui semble tout exprès avoir organisé la manifestation du 14 juillet pour attirer le prêtre sur les bancs de la police correctionnelle.

Il termine en faisant un dernier appel à l'esprit de justice et d'impartialité, et en flétrissant cette triste maxime de laisser-faire et du laisse-rpasser, dont la condamnation du curé de Cezais deviendrait comme la justification et la sanction juridique.

RÉQUISITOIRE.

Dans une cause de cette nature, a dit M. le procureur de la République, nous ne pouvions nous abstenir de prendre l'attache de nos chefs. Le parquet ne s'est pas mis en mouvement de sa seule initiative ; mais, ici comme ailleurs, aucune inspiration ne pouvait enchaîner l'indépendance de notre parole, et, si nous venons soutenir l'accusation, c'est dans la pleine liberté de notre conscience.

Il ne s'agit pas ici, comme l'a dit l'honorable défenseur, d'un système érigé en vue d'attaquer la religion et le clergé. Nous affirmons que nous sommes plein de respect pour le sentiment religieux et l'habit du prêtre, et nous n'accepterons jamais le mandat impératif de le livrer à la déconsidération et de le frapper sans motif justifié. Ce n'est pas au prêtre que nous nous attaquons, mais à l'acte seul aujourd'hui déféré à la justice.

Cet acte est tout entier dans le sermon du curé de Cezais, sermon provocateur, entaché d'une dénaturation complète des faits du 14 juillet, sermon qui avait pour but et qui a eu pour effet de surexciter la population contre ceux qui avaient célébré la fête nationale instituée par une loi.

Le ministère public insiste ici sur le terme de profanation employé par l'abbé Murzeau, terme absolument contraire à la vérité, comme il résulte des témoignages recueillis par l'enquête et exprimés devant les juges. Il n'y a pas eu profanation, et l'acte réparatoire accompli au cimetière le dimanche

suivant, et qui devait prendre aux yeux de la foule
le caractère expiatoire, était de nature à le tromper
complètement sur les circonstances de la manifestation très calme et très digne dont la commune de
Cezais a été le théâtre.

Ici, M. le procureur relève ce qui a été dit à
propos de la *Marseillaise*. Ce chant national, dit-il,
cet hymne du plus pur patriotisme, est lié aux
époques les plus glorieuses de notre révolution.

A ce propos, M. Dupré-Carra s'est livré à une
charge à fond contre les émigrés, qu'il n'a pas
craint d'appeler parricides.

Il n'y avait pas peut-être un sentiment bien
pénétré des convenances à M. le procureur à venir
jeter l'insulte à une catégorie de nos aïeux qui
pouvaient compter dans l'enceinte même des des-
cendants qui n'ont jamais songé à rougir de la
conduite de leurs pères et qui sont justement honorés
parmi nous. Quoi qu'il en soit, M. Dupré-Carra a
oublié que des voix aussi autorisées que la sienne,
et non moins républicaines, celle de M. Taine, par
exemple, se sont élevées pour expliquer autrement
l'émigration, et dans des termes plus conformes à
la vérité.

Qui ne sait, en effet, que les émigrés n'avaient
d'autre alternative que de quitter leur berceau ou
d'être fusillés ? M. Dupré-Carra aurait peut-être
préféré les voir rester pour monter à la guillotine,
pour laquelle il n'a pu trouver dans son réquisitoire
un mot de réprobation. Quoi qu'il en soit, c'était
bien là, de la part de M. le procureur, un véritable
cri de provocation contre une classe assez nom-
breuse en Vendée, beaucoup plus marquée que
celle qu'il reprochait au curé de Cezais. Ces moyens
oratoires, qui consistent à exciter les passions politiques, quand le devoir du représentant de la loi
serait de les apaiser, nous ont paru détonner singu-
lièrement à tous égards dans la circonstance. On
eût été tenté de renvoyer vivement cette épithète de
parricide à ceux qui votaient, Girondins ou Monta-
gnards, qu'ils s'appelassent Barbaroux ou Vergniaud,

Danton ou Robespierre, la mort du plus pacifique de nos rois, pour s'entregorger plus tard sous la loi fatale et inévitable de l'esprit révolutionnaire.

Il y a toujours, M. le procureur, un grave écueil à insulter à des ancêtres, et quelquefois des dangers particuliers à rappeler des souvenirs du passé qui se relèvent contre ceux qui les invoquent.

M. Dupré-Carra a aussi, à notre avis, laissé échapper un hors-d'œuvre assez malheureux en laissant, du haut de son siège de licencié ou docteur en droit, tomber quelques quolibets sur les soi-disant erreurs de langage d'un pauvre prêtre de campagne. Ici, il y a eu, de plus, une maladresse, que relève plus loin un de nos amis, et M. le procureur ne rira pas sans doute le dernier. Il aura profit, une autre fois, à éviter des entraînements de critique qui compromettraient bien vite des aptitudes littéraires.

A partir de ce moment, le ministère public s'est lancé dans une série de lieux communs, qui ont détruit l'impression favorable causée par les débuts graves et impartiaux de son réquisitoire, et par les assurances de respect pour la religion dont ils ont fait ressortir le côté platonique.

Est-ce bien, a-t-il dit avec cette emphase de mauvais goût d'un gros Jean qui veut en remontrer à son curé, au ministre d'une religion de paix et de douceur, à venir jeter dans une population des germes de divisions et de haines en dénaturant les actes de ses concitoyens ? M. Dupré-Carra a insisté sur cette adjuration aux devoirs du ministre de paix, et cette leçon qui rappelait certaine fable connue de La Fontaine, cet appel à la conciliation dans la bouche d'un représentant du pouvoir qui décroche les crucifix et qui traîne les prêtres devant les tribunaux, aujourd'hui à Fontenay, demain à Bressuire, après-demain à la Roche, nous a paru assez audacieuse et assez piquante.

N'oublions pas les paroles suivantes de M. Dupré-Carra : il a fait une distinction subtile entre la liberté de la presse et celle des « réunions publiques » comme celle des fidèles à l'église. Nous avons été tentés, a-t-il dit, de sévir quelquefois contre la presse locale ; mais nous y avons renoncé, parce que c'eût été inutile, et que ce qui est inutile nuit.

Nous félicitons nos confrères de Fontenay d'avoir jusqu'ici échappé aux rigueurs du parquet.

M. Dupré-Carra a terminé en requérant l'application de l'article 202 du Code pénal, sans toutefois en réclamer toutes les rigueurs.

RÉPLIQUE.

Dans une réplique courte, mais chaleureuse et très émouvante, Me d'Angély a d'abord relevé les protestations d'indépendance du ministère public. Il n'accuse pas M. le procureur de passion personnelle ; mais nul temps n'a démontré plus éloquemment que le nôtre la puissance des entraînements dans la voie de la persécution. C'est avec la plus complète honnêteté d'intention que l'on sert une cause ; mais on glisse inconsciemment sur la pente fatale où vous conduit l'esprit de parti, et l'on en arrive à se faire l'instrument des haines et de la persécution sans s'en être aperçu.

— Alors, interrompt M. le procureur de la République, on descend de son siège.

— Hélas ! a répliqué Me d'Angély, ce n'est pas tant que l'on est sur un siège que l'on s'aperçoit du danger de ces entraînements. M. Andrieux n'a vu où on l'avait mené que quand il n'a plus été ambassadeur ou préfet de police, et il est venu faire amende honorable, exprimer ses regrets d'avoir participé à des actes qui troublaient sa conscience. Rien ne garantit heureusement M. le procureur de la République contre un tel retour à la saine appréciation des choses.

Me d'Angély insiste sur ce qu'il y a eu provocation et préméditation ; il conjure, avec un mouvement marqué d'éloquence parti du cœur, le tribunal de faire justice de ces attaques irritantes et passionnées contre tous les principes sociaux et religieux, et termine en exprimant le regret que sa bouche ait été impuissante à exprimer la profonde conviction qui existe au fond de son âme, et en proclamant l'impossibilité légale et morale de condamner le curé de Cezais.

L'auditoire presque tout entier semble s'être associé à la généreuse conviction du sympathique défenseur, et nous avons entendu sortir, de la bouche de républicains très connus, la certitude de l'acquittement de M. l'abbé Murzeau et l'approbation absolue de sa conduite.

Nous attendons maintenant le jugement du tribunal.

Physionomie de l'audience.

La salle de la police correctionnelle était trop petite pour contenir la foule qui s'y était rendue, pour assister à la fête anticléricale donnée par le parquet aux prétrophobes et aux cléricomanes de Fontenay.

Le ban et l'arrière-ban du parti républicain se trouvaient là, attendant avec impatience le moment où ils pourraient assister avec volupté au spectacle qui lui a été offert, de voir un prêtre sur le banc des vagabonds et des criminels.

La chose n'est pas commune ; aussi jugez de la joie de quelques-uns des radicaux présents à l'audience ! les uns manifestaient leurs sentiments par des rires et des quolibets ; les autres, plus ardents, comme le sieur J., laissaient échapper, en voyant entrer le curé de Cezais, des aménités dans le genre de celles-ci : « Le voilà, le salop ! »

Cependant, la tenue de la plupart des assistants fut digne et correcte. Parfois, quelques exclamations ou quelques réflexions échappaient des lèvres de certains auditeurs, mais elles étaient bien vite réprimées.

Pendant l'audition des témoins et pendant l'interrogatoire le public fut calme, mais il parut stupéfait d'entendre le citoyen Jamain, l'organisateur du banquet et qui est le type du radical haineux et envieux, ignorer complètement ce qui s'était passé pendant la fête.

On admira cependant l'aplomb imperturbable avec lequel ce partisan de la libre-pensée vint affirmer n'avoir pas entendu invoquer le choléra contre les prêtres, tandis que les faits lui donnaient un démenti formel.

La conduite de cet homme parut étrange, et l'on comprit tout de suite que l'on avait affaire à un individu ayant intérêt à dissimuler la vérité.

Nous comprenons, en effet, la crainte de ce *régisseur*, en se voyant mettre en évidence ; mais nous sommes ici pour démasquer ceux qui, au lieu de planter leurs choux passent leurs temps à organiser des banquets dans lesquels on s'efforce d'exciter la haine des citoyens, contre les prêtres et les nobles. D'ailleurs, nous pourrons revenir à l'occasion sur ce radical qui est la terreur de ses *esclaves*.

Pendant l'interrogatoire, le public parut satisfait d'entendre le prêtre maintenir avec énergie les termes de son sermon ; mais il fut péniblement surpris de trouver chez M. le président des dispositions aggressives qui ne semblaient pas devoir être dans son caractère et qui affectaient un peu trop la forme d'un réquisitoire.

Mais, M. le curé de Cezais ne se laissa pas intimider et il affirma qu'il était de son devoir de protester énergiquement contre la profanation des tombes du cimetière.

Une discussion s'engagea entre deux de nos voisins à ce sujet. L'un disait : Oui, l'autre disait : Non.

Nous partageâmes l'opinion du premier.

— Il n'y a pas de profanation, quand il n'y a pas de dégâts matériels, disait notre contradicteur.

Evidemment, ce n'était pas le moment de discuter, mais nous nous réservâmes de répondre en temps opportun.

Que penseriez-vous donc alors, lui dirons-nous aujourd'hui, si on venait sauter de joie autour du

cadavre d'un de vos parents défunts et si pour toute
défense on disait : Oh ! je l'ai fait sans provocation !...

Prétenderiez-vous qu'il n'y a pas là profanation !
Eh bien ! étant donnés le passé et l'esprit libre-
penseur et sectaire des radicaux de Cezais, nous
prétendons que le banquet et le bal ont été organisés
sous les murs du cimetière dans le but unique de
faire « enrager » le curé.

L'indignation de celui-ci était donc légitime et
nous l'approuvons entièrement d'avoir fouetté, —
avec beaucoup de mesure — comme ils le méri-
taient, tous ces gens, repus mais *sages*, qui hurlaient
le « sang impur » et réclamaient le choléra pour se
débarrasser des curés.

M. l'abbé Murzeau était provoqué, menacé, insulté
dans son caractère de prêtre. Il s'est défendu, il a
vengé les morts outragés et leurs tombes profanées :
c'était son droit, c'était son devoir, et il n'est pas un
honnête homme qui ne l'approuve complètement.

Quant aux autres, on n'a pas à s'en occuper.

Après l'interrogatoire, M. le président suspendit
l'audience.

En se retirant, la foule manifestait ses impressions
et il nous sembla que le public était favorable à M. le
curé de Cezais.

A la reprise de l'audience, la parole fut donnée à
Mᵉ d'Angély qui, dans la première partie de sa
plaidoirie, se maintient trop, à notre avis, dans le
cadre de la défense juridique, en y apportant toutefois l'ardeur d'une conviction profonde du bon droit
de son client.

Nos lecteurs trouveront cette brillante plaidoirie
dans notre prochain numéro.

Nous donnerons également le réquisitoire de M. le
procureur de la République.

M. Dupré-Carra n'est pas orateur, mais on ne
saurait lui contester une certaine habileté. Aussi
réussit-il à impressionner certains auditeurs, mais il
en fit sourire tant d'autres !

Il commit, en effet, à notre avis, certaines maladresses ; c'est ainsi que le public entendit, avec la plus profonde stupéfaction que l'on ne songeait pas à ouvrir une campagne contre la religion et le clergé. »

Chacun se regardait et semblait dire : M. Dupré-Carra n'était donc pas en France depuis cinq ans il était donc allé accompagner M. de Brazza au centre de l'Afrique, qu'il ignore à ce point tous les attentats et les crimes commis contre la religion dans ces derniers temps.

Il faudrait en vérité être bien aveugle ou de bien mauvaise foi pour ne pas taxer d'attentats contre les ministres de la religion, tous les bris de serrures commis depuis trois ans par les crocheteurs, les préfets et les procureurs de la R. F.

N'était-ce donc pas la guerre déclarée à la religion, quand le républicain Hérold, dont M. Oustry suit si bien les traditions, faisait décrocher tous les christs des écoles et les faisaient porter à la voirie ?

Allons, M. Dupré-Carra, votre prétendu modérantisme vous aveugle, et je ne suis pas étonné que vous soyez si mal renseigné sur les actes qui se commettent en Vendée, je comprends que vous ayez affirmé — bien maladroitement — que les anarchistes ne se trouvent pas dans notre département et qu'on n'avait rien à craindre ici de leur fureur, quand, le jour même et peut-être à la même heure, des bombes éclataient dans le domicile d'un honorable citoyen de Rocheservière.

M. le procureur de la République interpella ensuite M. le curé de Cezais et lui demanda s'il était du devoir d'un ministre d'une religion de paix et d'amour, dont le Maitre a dit de pardonner à ses ennemis, de prononcer des paroles aussi violentes que celles contenues dans le discours du 16 juillet.

M. le Curé ne pouvait répondre, mais dans le public on le faisait pour lui, et nous dirons à M. Dupré-Carra que, s'il est vrai que le Christ recommande le pardon des injures, il demande aussi de chasser du temple et des lieux saints, même à coups de fouets, comme il l'a fait lui-

même, les gens qui pensent les souiller et les profaner.

M. le curé de Cezais a suivi les exemples du
maître, il a donc fait son devoir, et plaise à Dieu
que tous les prêtres montrent toujours autant
d'énergie et de courage que ce vénérable ecclésias-
tique.

Nous sommes d'une religion de paix et d'amour,
c'est vrai ; mais nous ne reculerons jamais devant
la lutte, quelles qu'en soient les conséquences, car
nous ne sommes pas d'une religion de dupes et
d'imbéciles.

Vous prétendez que le curé de Cezais a provoqué
à un « soulèvement aux armes » ?

— Aurions-nous donc par hasard, dit un de nos
voisins, en Vendée, un nouveau Pierre l'Hermite,
et M. l'abbé Murzeau serait-il à même de prêcher
la neuvième croisade ? dans ce cas, qu'il se presse,
car nous avons assez de ce gouvernement qui n'est
fort que devant le faible et qui devient lâche devant
les sociétés secrètes ?

Nous ne voulons pas contester l'autorité de M. le
curé de Cezais, mais nous croyons — et il ne nous
en voudra pas de le dire — que ce n'est pas avec le
discours d'un prêtre qu'on peut mettre les armes
dans les mains de toute une population.

N'entendons-nous pas, en effet, chaque jour les
républicains affirmer que le prêtre ne jouit plus
d'aucune influence et qu'il est sur le point d'être
enterré avec sa religion démodée.

Nous le lisons tous les jours et nous l'entendons
même de la bouche des prétendus modérés, comme
M. Dupré-Carra.

Que M. le procureur de la République réserve
donc ses foudres pour d'autres agitateurs plus à
craindre que M. Murzeau, et nous n'assisterons
pas à des attentats du genre de celui de Rocheservière.

L'argument de ce soulèvement aux armes n'a
donc pas produit sur le public l'effet attendu par
M. Dupré-Carra, et la foule a gardé une attitude

ironique pendant tout le développemet de cette partie
du discours.

Après le réquisitoire, Mᵉ d'Angély réplique avec
chaleur et des marques d'approbation fréquentes
prouvaient la sympathie qu'on manifestait pour sa
cause et pour son talent.

Après avoir rappelé la conversion de M. Andrieux
et avoir montré que cet ancien républicain recon-
naissait bien que la guerre était déclarée à la
religion, puisqu'il réclamait pour le pays la conciliation et la paix, — ce en quoi il s'est trouvé
d'accord, sinon avec M. le procureur, du moins
avec M. le président de la République — M. le
procureur interrompit et dit :

— Si je voyais que l'on fît une guerre à la religion,
je descendrais de mon siège.

Mᵉ d'Angély répondit qu'à un moment on était
fatalement entraîné par le courant anti religieux.

Mais un de nos voisins murmura tout bas :

— Le procureur descendra de son siège... je crois
plutôt qu'il en cherche un plus solide.

Après la réplique, la séance fut levée et la foule
s'écoula lentement en manifestant ses impressions.

— C'est une excellente affaire, disait l'un !

— Voyez-vous ces canailles de curés, disait un
autre qui n'était certainement pas un clérical.

Mais, le public, en général, était sympathique au
curé, et nous pouvons affirmer que les républicains
qui pensaient porter en Vendée un coup au cléricalisme, en seront pour leurs frais de dénonciation
et de malhonnêteté, et pour un *four* complet.

L'attentat anarchiste de Rocheservière est la
meilleure réponse qui puisse être faite en faveur de
M. l'abbé Murzeau.

L'avenir le démontrera.

(Extrait de la *Vendée* des 19 et 22 Novembre 1882).

JUGEMENT

Attendu qu'il résulte de l'enquête que quelques habitants de Cezais s'étant entendus ensemble pour célébrer la fête nationale du 14 juillet, organisèrent un banquet qui fut suivi, dans la soirée, de danses et d'un feu d'artifice ;

Attendu qu'il est établi, que le dimanche suivant, 16 juillet, l'abbé Murzeau étant monté en chaire, à la messe, donna lecture à ses paroissiens, d'un discours intitulé : réparation au cimetière, qui commence par ces mots : « A l'issue de la messe, mes frères, nous irons ensemble dans le cimetière, dans le champ des morts » et finit par ceci : « Oh ! vous mes frères, qui croyez à une autre vie, etc. »

Attendu qu'il est certain que, dans le discours dont s'agit, l'abbé Murzeau a signalé en termes *d'une violence extrême* à ses paroissiens, les personnes qui avaient pris part à la fête du 14 juillet, comme ayant insulté les morts, profané leur demeure, qu'il a notamment prétendu que des pères avaient chanté, dansé auprès de la fosse de leurs enfants ; que des enfants s'étaient livrés à de pareils excès non loin de la tombe de leur père et de leur mère, et que des vieillards s'étaient également associés à tous ces excès, ajoutant que les femmes et les filles qui avaient assisté à la fête, étaient éhontées et s'étaient montrées sans honneur et sans pudeur, en ne rougissant pas d'encourager la danse par des chants lascifs ;

Attendu qu'un pareil discours, prononcé en chaire, par un prêtre, en présence d'une réunion de fidèles, pour qui le culte des morts est toujours resté sacré, devait nécessairement avoir pour effet d'exciter ceux qui l'entendaient contre les citoyens qui avaient commis ces actes coupables que le curé dénonçait comme nécessitant une procession de réparation au cimetière ;

Qu'il résulte en effet de l'enquête que la plupart des personnes, qui assistaient à la messe, sont sorties tellement émues et surexcitées sur ce qu'elles

venaient d'apprendre de la bouche de leur curé, que
l'un des fidèles aurait même dit : Si j'avais été
présent, j'aurais donné un coup de fusil à ceux qui
profanaient le cimetière ;

Attendu que c'est en vain que M. le curé, dans
sa comparution devant le tribunal, a voulu pré-
tendre qu'en s'exprimant ainsi dans son discours,
il n'avait point eu l'intention de soulever une partie
des citoyens les uns contre les autres, qu'il avait été
mal compris ; que ses paroles avaient été mal inter-
prêtées ; qu'il n'avait point dit que le cimetière avait
été l'objet d'une profanation matérielle ; qu'il n'avait
voulu parler que d'une profanation morale ;

Attendu que cette explication, produite, d'ailleurs,
pour la première fois à l'audience, ne saurait être
acceptée comme suffisante ;

Que rien n'indique en effet que telle ait été la
pensée de l'abbé Murzeau, lorsqu'il a prononcé son
discours ; que ce discours ne fait aucune mention
de la distinction dont il parle aujourd'hui ;

Qu'enfin il est impossible d'admettre que si
M. l'abbé Murzeau n'avait réellement voulu parler
que d'une profanation morale ainsi qu'il le présente
actuellement, il ne s'en soit pas expliqué dans son
discours, d'une manière d'autant plus précise et
plus formelle que la population à laquelle il parlait
est une population rurale peu apte, en général, il
faut le reconnaître à comprendre et surtout à faire
d'elle-même une distinction théologique aussi
subtile ;

Qu'il est donc évident qu'en s'exprimant ainsi
qu'il l'a fait et en convient, et en conviant ses
paroissiens à une procession de réparation au
cimetière, l'abbé Murzeau a voulu exciter les fidèles
auxquels il s'adressait contre les citoyens qui avaient
pris part à la fête du 14 juillet ;

Que l'intention coupable est d'autant moins dou-
teuse que lorsqu'il s'est agi d'expliquer sa conduite
rappelant les outrages dont il prétend avoir été
l'objet dans la journée du 14 juillet et les calomnies
qu'on a fait courir précédemment contre lui, il a

donné comme moyen de défense qu'il avait été provoqué ;

Attendu que les faits tels qu'ils sont établis
tombent sous l'application de l'art. 202 du Code
pénal ;

Attendu que quoi qu'il en soit, il existe dans la
cause des circonstances atténuantes qui permettent
de modérer sous une large mesure, la sévérité de
la peine dictée par la loi ;

Par ces motifs, ... condamne le prévenu à
100 francs d'amende et aux frais, taxés à la somme
de 259 fr. 22.

1360. — Fontenay, Imprimerie Vendéenne.